워니와 웬신, 한국 커플로 선발되었습니다!

화니와 웬신, 우리 지금 결혼했어요!

푸공주, 다시 만날 수 있을까요?

나는
판다
입니다

나는 판다입니다

초판 1쇄 인쇄 2024년 3월 15일
초판 1쇄 발행 2024년 3월 20일

지은이　조세환 유희선
펴낸이　이춘원
펴낸곳　노마드
기획·편집 이서정
디자인　이공커뮤니케이션즈
중국 코디 이한솔
마케팅　강영길

주　소　경기도 고양시 일산동구 무궁화로120번길 40-14 (정발산동)
전　화　(031) 911-8017
팩　스　(031) 911-8018
이메일　bookvillagekr@hanmail.net
등록일　2005년 4월 20일
등록번호 제2005-29호

ISBN 979-11-86288-70-2 (03810)

시간을 건너 바라 본 어린 엄마 아빠의 감동 이야기

나는 판다입니다

조세환 · 유희선 지음

nomad
노마드

차 례

프롤로그

어느 날 '판다'가 제 마음속으로 스며들었습니다.
운명처럼.

 **Part I. 우리는 화니, 웬신입니다**   15 -85

화니와 웬신, 한국커플로 선발되었습니다! _16

린이동물원의 소문난 스타, 웬신 _24

린이동물원 웬신, 최후의 만찬 _50

웬신, 한국에서도 잘 살아야 해 _56

한국사람들! 우리 웬신을 부탁해요 _60

Part II. 화니, 웬신의 러브스토리   87 -127

화니와 웬신! 첫 만남, 다둥이 커플의 서막 _89

화니와 웬신, 모락모락 피어나는 썸의 스멜?! _94

웬신의 결심! 썸으로 진행시킬 '틈' 발견?! _99

2016년 3월, 인천공항에 셀럽이 떴다!! _110

화니와 웬신, 우리 지금 결혼했어요! _114

화니와 환상의 커플이 된 웬신에게 출생의 비밀이?! _118

한국에서 세딸을 출산한 화니의 숨겨진 사연은? _124

Part III. 80억 인류의 취향 저격! 판다, 너란 존재   129 -177

판다, 너를 만난 전후로 나누어진 내 인생 _130

출생은 매우 미약했지만, 그 끝은 창대할 것입니다! _134

아기 판다는 혼자가 무서워 _138

곰 같은 고양이 VS 고양이 같은 곰 _142

한 가지만 판다! 그래서 네 이름은 판다? _146

이렇게 우아한 녀석들을 보았나! _150

판다, 너에 대해 알고 싶다 _154

국보로 태어난 판다의 숙명 _164

화니, 웬신도 예외 없이 받아들여야 할 운명 _168

Part IV. 나는 판다입니다   179 -219

나는 판다 판판입니다 _181

나는 판다 태산입니다 _186

나는 판다 수린입니다 _190

나는 판다 다이리입니다 _194

나는 판다 칭칭입니다 _198

나는 판다 위엔런입니다 _201

나는 판다 린빙입니다 _206

우리는 특별한 판다입니다 _211

나는 판다 지춘입니다 _218

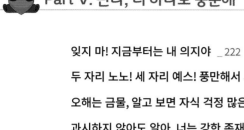

Part V. 판다, 너 하나로 충분해   221 -265

잊지 마! 지금부터는 내 의지야 _222

두 자리 노노! 세 자리 예스! 풍만해서 사랑받는 존재랍니다 _226

오해는 금물, 알고 보면 자식 걱정 많은 엄마입니다! _230

과시하지 않아도 알아. 너는 강한 존재라는 것을 _234

사람들의 시선을 몰고 다니면서, '혼자'를 가장 좋아하는 _238

5개월 만에 포착된 아기 판다의 '첫 순간'! _242

인생 최초의 경쟁, 어떤 나무를 차지할 것인가! _246

내가 멋진 존재라는 걸 잊지 마! _252

내 눈을 바라봐…. 조금 전보다는 행복해질 거야 _256

차라리 한숨 푹 자고 일어나는 게 좋아 _260

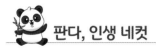

판다, 인생 네컷   264 - 270

프롤
로그

어느 날 '판다'가 제 마음속으로 스며들었습니다.

운명처럼.

판다 PD 조세환

2001년 저는 SBS <TV동물농장>의 해외담당 외주PD로서 외국 동물을 소개하는 콘텐츠를 만들고 있었습니다. 발리 원숭이, 오랑우탄, 코모도, 펭귄 등을 만나며 전 세계를 다녔던 3년은 신기하고 놀라운 경험이었죠.

이들 중 저의 심장을 가장 뛰게 했던 동물을 뽑으라면 주저 없이 '판다'라고 말할 수 있습니다. 흑과 백의 옷을 입은 듯한 외모, 속내를 짐작할 수 없는 행동, 날카로운 이빨을 가지고 대나무만 먹는 식성까지…. 보면 볼수록 판다는 제 감정을 무장해제시키는 신비한 매력의 소유자였습니다.

판다의 모든 것을 세상에 보여주고 싶은 욕심이 생겨버린 저는 결국 '판다들의 인간극장'이라고 할 수 있는 <판다극장>을 2014년도 런칭하였습니다. 당시 정말 미친놈처럼 중국의 판다 기지를 휘

젓고 다녔던 것 같습니다.

야안 비펑샤 판다 기지, 청두 판다 기지, 두장옌 판다 기지를 오가며 100여 마리의 판다를 취재했습니다. 동물 촬영은 기다림의 연속인지라 이 귀여운 아이들과 함께 하다 보니 5년이라는 시간이 훌쩍 지나버렸습니다.

당시 만났던 100여 마리의 판다 중에 화니와 웬신이 있습니다.

화니와 웬신은 훗날 푸바오를 낳은 아이바오, 러바오의 중국 시절 이름입니다.

지금의 푸바오보다 어렸던 화니와 웬신을 카메라에 담았다는 건 정말 기적 같은 일이었습니다. 자부심 같은 이 느낌을 보물처럼 간직하며 살고 있었죠.

그런데 최근 많은 분이 제가 소장한 자료들을 보고 싶어 한다는 걸 알게 되었습니다. 이것이 저만의 '판'도라의 상자를 열어 책으로 엮은 이유입니다.

개인적으로 힘들고 지칠 때 저는 중국에서 함께했던 판다들을 생각합니다. 나무 꼭대기에서 곤히 잠들어있는 아기 판다의 모습을 보던 순간은 꿈에도 잊히지 않을 인생의 명장면입니다.

그 높은 곳에서 편하게 잠들어 있던 판다는 어떤 꿈을 꾸고 있었을까요? 이 책으로 그때의 경이로운 느낌이 여러분께 전해지기를 간절히 바랍니다.

작가 유희선

저 또한 '판며들다'라는 말로 이야기를 시작해야 할 것 같습니다. 조피디가 열어준 보물 상자를 보다가, 여기까지 왔으니 말입니다.

실로 어마어마한 판다 자료들이었습니다.
<나는 판다입니다>는 이 방대한 자료를 테마 별로 분류해 엮은 책입니다.

파트1·2 는 많은 분이 궁금해하는 내용으로 구성했습니다.
푸바오의 엄마 아이바오, 아빠 러바오의 어린 시절 이야기입니다. 화니와 웬신 시절의 이야기죠.
화니가 판다 유치원에 있던 시절, 웬신의 산둥성 린이 동물원 시절, 그리고 2016년 화니와 웬신이 한국으로 오기 전 2개월 동안 함께 살았던 이야기를 담아봤습니다. 훗날 푸바오, 루이바오, 후이바오를 낳게 될 커플의 러브스토리는 우리에게 기분 좋은 설렘을 줄 것입니다.

파트 3 은 80억 인류를 사로잡아버린 판다의 궁금증을 풀어보는 시간입니다. 판다는 왜 대나무만 먹지? 판다는 왜 자꾸 구르지? 판다는 왜 나무 위에서 자지? 한 번쯤은 생각해 봤을 '판다는 왜'에 대한 호기심으로 꾸며보았습니다.

파트 4 에서는 판다들의 존재 하나하나에 집중해 본 시간이었습니다. 엄마 판다가 보여주는 강력한 모성, 인생을 회고하는 노년의 판다. 장애를 극복한 외다리 판다, 푸바오에 버금가는 절세 미녀 판다…. 똑같은 사람이 없듯 서로 다른 외모와 인생을 지닌 판다, 그 존재감을 여러분께 전달하고 싶었습니다.

파트 5 는 판다의 사진으로 힐링하는 '판다족'을 위한 에세이입니다. 판다에 빠진 독자들을 위해 몽글몽글한 마음을 있는 그대로 담았습니다. 예쁜 사진들과 함께 힐링하는 시간이 되시기를 바랍니다.

푸바오의 중국 반환이 이슈인 상황에서, 한국의 판다 사랑은 멈추지 않을 것 같습니다. 하지만 이 책은 현재의 판다 열풍에 기대어 기획된 콘텐츠가 아니라고 말하고 싶습니다. 많은 분에게 판다를 소개하고 소중히 기억하고자 만든 책입니다.

부디 이 어여쁜 판다들이 상업적으로 소비되는 데서 끝나지 않고 소중한 생명체로 귀하게 여겨지는 나날이 된다면 좋겠습니다.

Part I

우리는 화니, 웬신입니다.

화니와 웬신,
한국커플로 선발되었습니다!

푸 공주의 엄마 아이바오
중국이름 화니

푸 공주의 아빠 러바오
중국이름 웬신

푸 공주의 엄마는 화니,
아빠는 웬신이라는 중국이름을 갖고 있었습니다.
어때요, 이 커플 잘 어울리나요?

HUA NI

화니(华妮)

한국이름 : 아이바오
성　　별 : 암컷
출　생　일 : 2013년 7월 13일
혈통번호 : 869
부　　모 : 아빠 루루, 엄마 신니얼
출　생　지 : 중국 쓰촨성 야안시
　　　　　　중국판다보호연구센터
　　　　　　비펑샤(碧峰峡) 야생훈련기지
특이사항 : 2016년 웬신과 대한민국에 임대되어,
　　　　　　푸바오와 쌍둥이 바오를 출산
성　　격 : 뭐든지 혼자 스스로 잘 하는 독립적 성격
외모·특징 : 고양이 상

YUAN XIN

웬신(园欣)

한국이름 : 러바오
성　　별 : 수컷
출 생 일 : 2012년 7월 28일
혈통번호 : 841
부　　모 : 아빠 웬웬, 엄마 룽씬
출 생 지 : 중국 쓰촨성 야안시
중국판다보호연구센터
비펑샤(碧峰峽) 야생훈련기지
특이사항 : 2016년 화니와 대한민국에 임대되어,
세 딸의 아빠가 됨
성　　격 : 낯을 가리지 않고, 사람을 좋아하고
의존하는 성격
외모·특징 : 강아지 상

푸 공주의 엄마는 화니, 아빠는 웬신이라는

중국이름을 갖고 있었습니다.

어때요, 이 커플 잘 어울리나요?

오밀조밀 이목구비를 소유한 마성의 레이디, 화니

갸름한 얼굴형을 가진 끼돌이 마초맨, 웬신

엄마, 아빠의 옛 사진을 보면 거울 속의 나를 보는 느낌이 들 듯,

화니, 웬신의 어린 시절 사진 속에는 푸 공주가 오롯이 들어있습니다.

2016년 중국에서 건너와 한국 생활을 시작한 화니와 웬신.

지금은 어엿한 세 딸의 부모가 되었습니다.

그 어렵다는 임신을 척척 성사(?)시킨 판다계에

둘도 없는 환상의 커플입니다.

조피디의 판테일

2015년 12월 한국 커플로 최종 선발된 암컷 판다 화니, 수컷 판다 웬신. 1997년 이후, 18년 만에 판다의 한국행이 결정된 순간이었습니다.

화니는 당시 제가 머물던 쓰촨성 비펑샤 판다 유치원에 있었고, 웬신은 산둥성 린이동물원에 있었습니다. 웬신을 처음 카메라에 담았을 때가 2014년 두장옌이었는데 그 사이 산둥성으로 이주해 있었던 상황이었죠.

아기들 중에서도 유독 나무를 잘 탔던 재간둥이 웬신이 한국행에 오르게 될 거라니!!

기쁨과 흥분에 휩싸인 저는 망설임 없이 웬신을 찾아 산둥성으로 떠났습니다. 화니의 짝꿍이 될 웬신이 얼마나 성장한 모습으로 있을지 궁금해 한시라도 빨리 만나보고 싶었거든요.

웬신, 나는 한국에 가게 된대

린이동물원의
소문난 스타, 웬신

우리들에게는 최근에야 공감할 만한 이야기지만,

스타 기질을 가지고 있는 판다는 **'신드롬'** 그 자체입니다.

판다의 매력이 가진 힘은 생각한 것보다 훨씬 세다는 뜻입니다.

여기가 인기판다
웬신이 있는 곳이라며?

호기심 가득 찬 눈빛과 매력적인 손짓으로 사람들을 반기는 웬신!
웬신은 산둥성 린이동물원에서 이미 대단한 스타였습니다.
당시 이 4살짜리 수컷 판다를 보며 힐링하고 외로움을 달랜다는
사람들이 넘쳐났습니다.

심지어 다른 나라들에서도 웬신을 모셔가겠다고(?)
한국과 부딪히기도 했을 만큼 국제적 명성까지 있었지요.
지금 푸 공주가 한국에서 누리는 인기를 아빠 웬신이
린이동물원에서 먼저 누린 셈입니다.

이것은 악기인가, 먹이인가.

대금처럼 불고 있지만, 사실은 먹이입니다.

웬신은 아주 창의적인 아이라고 할까요?

독특한 행동이 눈에 띄는 아이였습니다.

호기심 가득한 행동은 멈추지 않습니다.
쉴 새 없이 재롱을 부리고 있으니 사람들의 시선이 안 갈 수 없죠.

이것은 재롱이 아닙니다.

웬신이 죽순통에 죽순이 없어 화가 나 있습니다.

분명히 있었는데,

텅 비어있으니 답답해 미치겠는 거죠.

본인이 다 먹어서 비어있다는

사실은 모르는 것 같네요.

못말리는 개구쟁이 웬신.
미끄럼틀에서 귀엽게 재롱을 부리다가도
나무그네와 목마를 부수는 게 일상이었습니다.
사육사들의 시선이 다른 데 갈 틈이 없는 사고뭉치였죠.

판다들은 팔에 비해 다리가 매우 짧습니다.

지금 누워 있는 웬신의 비율만 봐도 그렇죠.

점점 커지는 몸을 지탱하려면 다리 힘을 키워야 합니다.

매일 굴러다닐 수는 없는 노릇이니까요.

두 사진을 비교해 보세요.

웬신은 눈을 뜨고 있을까요, 감고 있을까요?

멀리서 보면 그냥 검은 동그라미일 뿐

차이가 없어 보입니다.

가까이 봐야 '반짝'하는 느낌의

눈동자가 포착되죠.

넓디넓은 다크서클에 감춰진

오묘한 눈동자입니다.

조피디의 판테일

이 사진은 무엇일까요?

정답은 '웬신의 코'가 카메라를 터치한 사진입니다.

그만큼 웬신을 초밀착 거리에서 담은 순간이었습니다.

호기심 가득 차 있는 새까만 눈동자, 입맛을 다시는 핑크빛 혀,

여물지 않은 송곳니까지….

모든 것이 자세히 볼수록 예쁜 아이였습니다.

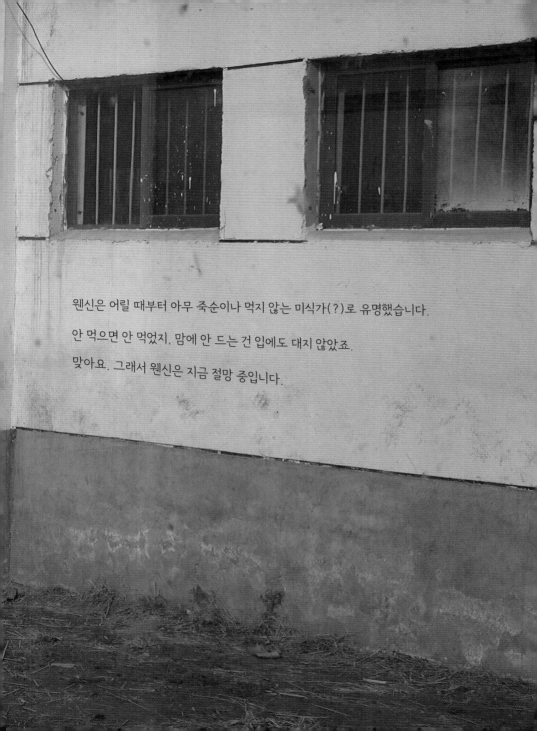

웬신은 어릴 때부터 아무 죽순이나 먹지 않는 미식가(?)로 유명했습니다.

안 먹으면 안 먹었지, 맘에 안 드는 건 입에도 대지 않았죠.

맞아요. 그래서 웬신은 지금 절망 중입니다.

오늘 맛있어보이는데.

쿵쿵

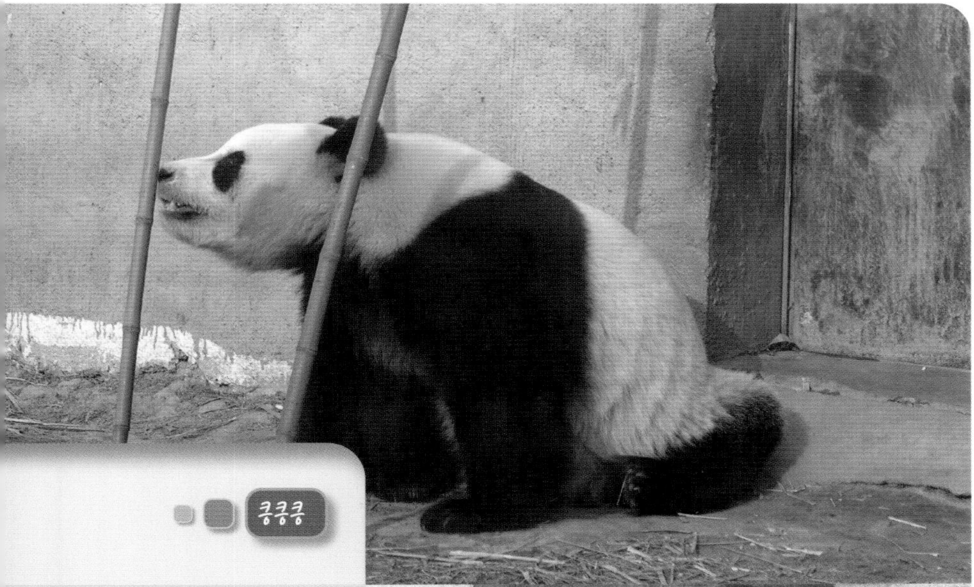

킁킁킁

에잇! 아냐 아냐.

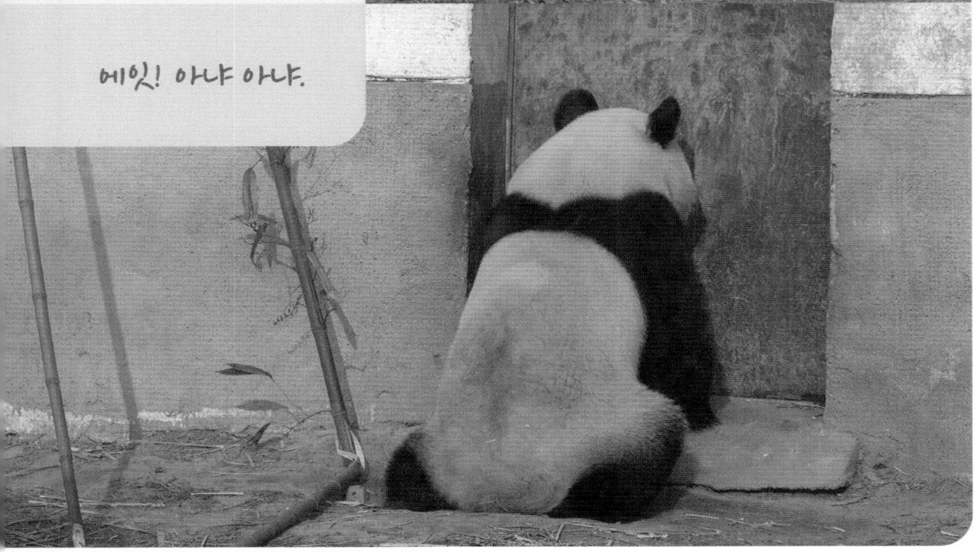

이러다가 맛있는 놈을 발견하면 언제 그랬냐는 듯 세상 행복합니다.

그냥 삼키지도 않습니다. 맛을 몇번 음미한 다음에 삼키죠.

그래야 이 맛을 기억했다가,
같은 대나무를 찾아낼 수 있으니까요.

린이동물원을 찾는 많은 사람들이 웬신의 이 표정에 반해 버렸다고 합니다.

이렇게 동물원에서 큰 사랑받은 스타 판다, 웬신.

하지만 아직 엄마품이 그리울 나이입니다.

엄마와 함께 뛰어놀고, 칭찬도 듣고 싶고, 같이 잠도 자고 싶습니다.

저 벽에 있는 판다 가족이 마냥 부럽습니다.

린이동물원 웬신,
최후의 만찬

산둥성의 스타 웬신이 린이동물원을 떠난다고 하니,
당시 그곳 사람들의 슬픔은 말로 설명할 수 없었습니다.
웬신을 위해 만들어 놓은 새 목욕통도 필요가 없어졌습니다.
이젠 웬신의 것이 아닙니다.

떠나기 전날, 누구보다도 슬퍼했을 사육사는

웬신이 저녁을 먹는 동안 자신도 함께 식사를 하는 의식을 치렀습니다.

사육사의 찐빵과 웬신의 죽순.

이 식사시간은 다시 돌아오지 않을 테니까요.

내일이면 새로운 곳으로 떠난다는 걸
웬신도 알고 있겠죠.
깨다 잠들기를 반복하며 밤잠을 설칩니다.

웬신,
한국에서도 잘 살아야 해

웬신을 보러 동물원으로 몰려든 취재진.

역시 산둥성의 스타 인증입니다.

서로 다른 사연을 가진 사람들이 배웅을 나왔습니다.

아내의 우울증을 치료해 줘 고맙다는 인사를 하러 나온 중년부부,

웬신을 향해 못다한 말을 편지에 적어온 팬, 마지막 모습을 끝까지 사진으로

담으려는 사람들….

이 수많은 만남에 강제로 마침표를 찍는다는 건 정말 잔인한 일이었습니다.

동물원의 판다 하나가 다른 곳으로 갈 뿐인데 이런 일을 상상이나 했을까요?

도대체 웬신은 사람들의 마음에 무슨 짓을 한 걸까요?
본의 아니게 '나쁜 남자'가 되고 말았습니다.
웬신이 2016년 한국으로 가게 되면
2031년 중장년의 나이로 중국에 오게 될 겁니다.
보내는 이들에게는 사실상 영원한 이별이 되겠죠.

한국사람들!
우리 웬신을 부탁해요

사육사들은 웬신이 어떻게 성장해 갈지 더 이상 볼 수 없기에,

안타까운 마음이 더합니다.

이제는 진짜 이별이기에, 마지막 마음을 전달하고 싶습니다.

그래서 작은 이벤트를 준비했습니다.

한국 가면 많이 사랑해 주세요!
우리 웬신은요 활발하고 사랑스러워요!

안녕하세요.
중국 린이 웬신의 사육사입니다.

세 살 웬신은
린이에서 아름다운 한국으로
갑니다.

우리 웬신은요,
매번 워토우를 먹고 나면
고개를 숙이고
인생을 고민해요.

에너지가 넘쳐서,
때론 밤에 약간을 소동을
일으키기도 하죠.

웬신을 잘 보살펴 주시길
희망합니다.

웬신!
우린 항상 너를 그리워할 거야.

한국 가서
즐겁기를 희망한다.

많은 이들의 눈물을 뒤로 하고
웬신은, 주어진 길을 떠나야 합니다.
그리고 새로운 동반자, 화니를 만나야 합니다.

케이지 문이 닫히고 이제 정말 출발입니다.

한국으로 가는 웬신의 첫 발걸음은 이렇게 떼어졌습니다.

조피디의 판테일

화니는 웬신을 만나기 전, 야안 비펑샤 기지의 판다 유치원에 있었습니다.

그 시절에는 언제나 절친 화양과 함께였습니다.

동글동글한 얼굴형에 웃는 표정이 귀여운 화양.

갸름한 얼굴형에 새초름한 행동이 매력적인 화니.

이 중 화니가 한국에 가기로 결정된 웬신의 파트너였어요.

웬신이 린이동물원과 이별을 한 것처럼 화니도 친구 화양과 이별을 앞두고 있었습니다.

화니는 누구? 화양은 누구?

처음 보면 헷갈리지만 금방 알아볼 수 있습니다.

토실토실한 귀염상이 화양, 좀 더 날렵한 얼굴형의 미인상이 화니입니다.

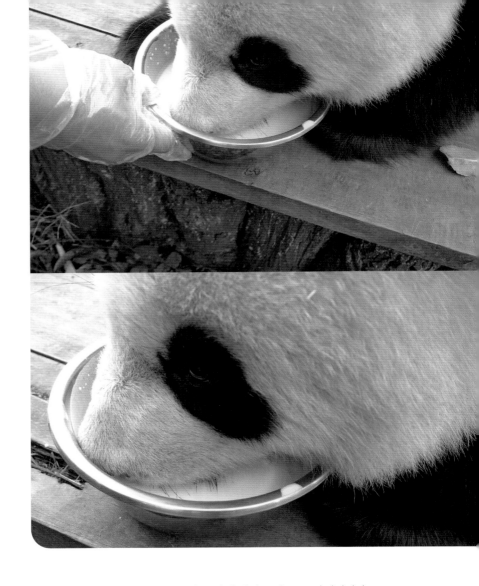

엄마 판다와 떨어져 있는 아기 판다들의 우유 타임입니다.

유치원 아기들에게 없어서는 안 될 소중한 생명수입니다.

우유를 먹고 나면 당근을 안 먹을 수 없습니다.
아직은 대나무를 먹을 수 없으니
의지할 것은 당근입니다.
적당히 딱딱한 식감과 과하지 않는 당도가
아기 판다들의 취향에 맞는 것 같습니다.

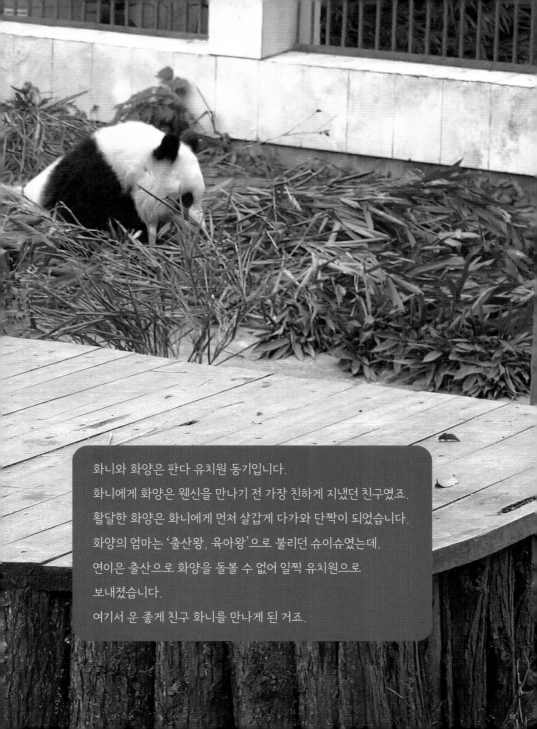

화니와 화양은 판다 유치원 동기입니다.
화니에게 화양은 웬신을 만나기 전 가장 친하게 지냈던 친구였죠.
활달한 화양은 화니에게 먼저 살갑게 다가와 단짝이 되었습니다.
화양의 엄마는 '출산왕, 육아왕'으로 불리던 슈이슈였는데,
연이은 출산으로 화양을 돌볼 수 없어 일찍 유치원으로
보내졌습니다.
여기서 운 좋게 친구 화니를 만나게 된 거죠.

당근도 장난감도
다 내 거야!!

쌍둥이 아님, 주의!

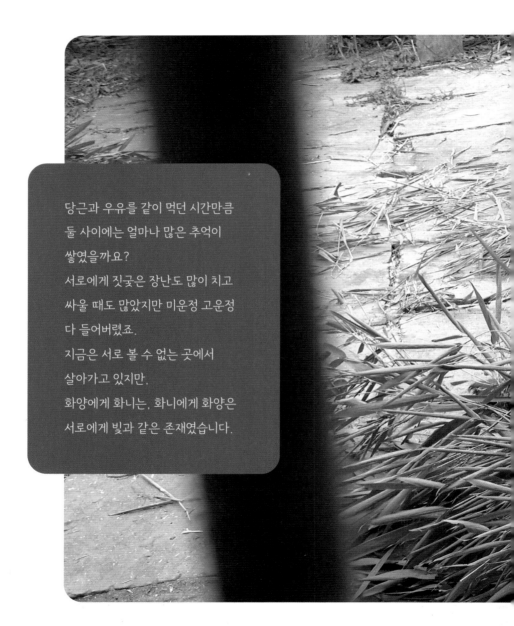

당근과 우유를 같이 먹던 시간만큼
둘 사이에는 얼마나 많은 추억이
쌓였을까요?
서로에게 짓궂은 장난도 많이 치고
싸울 때도 많았지만 미운정 고운정
다 들어버렸죠.
지금은 서로 볼 수 없는 곳에서
살아가고 있지만,
화양에게 화니는, 화니에게 화양은
서로에게 빛과 같은 존재였습니다.

화양과 화니는 유치원에서 하루종일 붙어 있는 단짝친구였습니다. 6개월 빨리 태어난 화니는 화양을 보듬었고 화양은 화니에게 애교로 화답했습니다.

이 아이들은 부모와 빨리 헤어지면서 의지하게 된 사이였기에, 가족이상의 의미로 교감했습니다. 싸울 때는 다신 안 볼 것처럼 싸우다가 언제 그랬냐는 듯 서로를 쓰담쓰담해 주었죠. 둘이 있는 모습은 힐링 그 자체였습니다.

특히 화양은 우유를 먹고 나면 손가락을 빠는 버릇이 있었습니다.

그만큼 엄마를 그리워했던 아가였기에 더 애틋하고 찡한 마음이 들었던 것 같습니다.

화니(华妮)　웬신(园欣)

Please love me a lot!
Our HUANI and YUAN XIN are
lively and adorable!

Part II

화니, 웬신의 러브스토리

판다가 외국으로 임대될 때는 이주하는 판다들끼리 같은 공간에서 사전적응기간을 갖습니다. 특히 성별이 다른 판다를 함께 보낼 때는 출산까지도 염두에 두어야 하기 때문에 사전 친밀감 형성이 매우 중요하죠.

화니와 웬신이 처음 만나 함께 있게 된 곳은 두장옌 판다 기지로, 판다들이 살기에 최적의 장소입니다. 사람으로 치면 수백 평 마당을 가진 고급 전원주택이라고 할 수 있는 곳입니다.

2016년 1월부터 두 달 동안 화니와 웬신의 동거가 시작되었습니다. 그리고, 저는 이 커플이 '썸'을 타는 과정을 목격했습니다.

그 '썸'의 포인트는 벽에 뚫린 약간의 '틈'이었음을 사전 고지해 드립니다.

화니와 웬신! 첫 만남,
다둥이 커플의 서막

2016년 3월, 급작스럽게 한국행 티켓을 받아든 화니와 웬신.

두 판다는 적잖이 당황했습니다.

이 티켓은 그들에게 단순히 여행용이 아니라 '청첩장'의 의미였기 때문이죠.

한국에서 '정략결혼'을 하게 된 두 판다의 운명!

이 커플은 한국행 전 처음 만나 두 달 동안 같은 공간에 살게 되었습니다.

훗날 세 딸의 부모가 된 화니와 웬신의 인연이 시작된 순간입니다.

유치원 친구들과 작별한 화니.
린이동물원의 인기를 뒤로 하고 떠나온 웬신.
두근두근! 벽 하나를 두고 둘만의 수줍은
상견례가 시작됐습니다.

내 첫인상이 나쁘면 어떡하지?

담장 가까이 다가가면 나를 부담스러워하지
않을까?
소리를 내어 호감을 표현하면 오히려 경계의
대상이 되려나?
아직까지는 모든 것이 조심스럽습니다.
숨소리 하나도 허투루 낼 수 없는 시간이
흐르고 있습니다.

화니와 웬신,
모락모락 피어나는 썸의 스멜?!

나무 위에서 내려다보는 화니와 그 시선을 즐기는 듯한 웬신.

'끼돌이' 웬신이 먼저 애교를 부려봅니다.

하지만 '시크쟁이' 화니는 반응이 없네요.

먼저 쳐다본 건 분명 화니였는데 웬신이 착각한 걸까요?

웬신은 화니가 보고 싶어 나무 위에서 눈맞춤을 시도해 보지만

화니는 웬신의 바람대로 움직여주지를 않습니다.

밀당의 시작인가요? 설마 거절의 표현은 아니겠죠?

무심한 듯, 하지만 은근슬쩍 서로를 의식하는 가운데,

다행히 스윗한 공기가 모락모락 피어오르고 있어요.

조금만 있으면

마음의 장벽도 허물어질 것 같은 분위기가 감돕니다.

하지만

화니는 역시 쉬운 여자가 아니었어요.

아무리 애절한 눈빛을 보내도, 도도한 그녀는 미동도 없습니다.

그래도 남편이 될 사람인데 너무 무심한 거 아닌가요?

이래가지고 한국 가서 잘 살 수 있겠어요?

좀처럼 '틈'을 내 주지 않는 화니 때문에 웬신의 속은 속이 아닌 듯합니다.

산둥성에서 통했던 인기가 화니에게만은 통하질 않습니다.

지금 그가 할 수 있는 건 그녀를 바라보는 것뿐입니다.

웬신의 결심!
썸으로 진행시킬 '틈' 발견?!

산둥성 스타의 처음 받아본 굴욕!
무너지는 자존심!
하지만 포기할 수는 없었죠.
웬신은 알고 있으니까요.
화니는 거부할 수 없는 운명의 짝꿍
이라는 걸.

그러던 순간! 절망하던 웬신의 눈에 무언가가 포착됐습니다.
그것은 '틈'!
화니가 '틈'을 주지 않으니, 하늘이 도와주네요.
웬신의 눈에 '틈'이 포착된 겁니다.

약간의 '틈'만 보여도, 치고 들어가고 싶은 마음이 사랑이라면,
그 마음을 표현하는 행동을 플러팅이라고 한다죠?
그렇다면 그 '틈'을 놓치지 않고 플러팅해야겠습니다.
웬신을 말리지 마세요. 지금부터 무조건 직진합니다!!

웬신은 '틈'을 향해 끊임없이 신호를 보냅니다.

긴장되는 시간은 한동안 지속되었습니다.

도도한 화니도 이젠 움직일 때가 됐겠죠?

못이긴 척 웬신에게 초밀착으로 다가옵니다.

화니와 웬신은 이제,

오감으로 서로의 숨소리와 체취를 느끼고 있어요.

교감의 시작!
두 판다의 썸이 탄생한 순간입니다.

화니가 기다리는데 웬신은 모르고 있고, 웬신이 기다릴 때는 화니가 눈치 못 채고,
가끔 운수 좋은 날에는 멀리서나마 아이컨텍도 해 보고….

몽글몽글한 러브시그널을 주고받으며 화니와 웬신의 하루하루는 흘러갔습니다.

화니와 웬신은 같은 꿈을 꾸고 있을까요?

화니와 웬신의 2개월은 이렇게 미완의 사랑으로 마무리되었습니다. 담을 뛰어넘어 만나지는 못했어도 괜찮았습니다. 이 정도면 충분했습니다.
판다는 '썸'을 타면서도, 철저한 개인생활을 추구하는 고독한 존재이니까요.

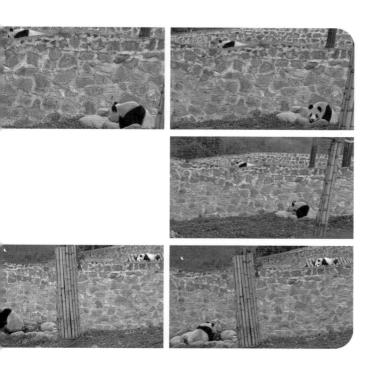

이 공간에는 유난히 네 잎 클로버가 많았습니다.

화니, 웬신은 아는지 모르는지 이것들을 쉴 새 없이 물어뜯고는 했죠.

그들이 찾은 네 잎 클로버만큼 앞날에 행운이 깃들기를 바랍니다.

이 시기에 두장옌에 온 강철원 사육사를 처음 만났습니다.

강 사육사는 아주 성실한 화니의 집사를 자처했습니다.

색깔별로 싸는 엄청난 양의 똥을 치우고, 대나무를 쪼개주는 모든 모습을 화니가 바라보고 있었습니다. '나를 지켜줄 사람이다'라는 믿음이 화니에게 전달된 다음에는 바로 마음을 열기 시작했어요.

좀처럼 애교가 없는 화니가 강 사육사에게는 응석을 부리고는 했습니다.

지금의 푸 공주처럼 강 사육사의 껌딱지였던 거죠.

역시 엄마와 딸의 보는 눈은 통하는 것 같습니다.

두 판다의 썸을 지켜보면서, 두 달의 시간은 훌쩍 지나갔습니다. 그리고 화니와 웬신은 한국길에 올랐습니다.

이 역사적인 순간을 수많은 사람이 함께 했습니다. 안전한 이동을 위해 중국의 사육사도 동행했고요, 당연히 저의 카메라도 출국부터 입국까지 따라갔습니다. 특히 가까이서 이름을 부르면 쳐다보던 웬신이 기억에 남네요. 발도 만져주고 대나무도 쪼개준 아저씨의 목소리를 머릿속에 저장한 것 같았습니다.

2016년 3월,
인천공항에 셀럽이 떴다!!

2016년 3월 3일

화니(당시 4세), 웬신(당시 5세)은 대한민국 외교부에서 발급한 비자를 받아
당당히 인천공항에 입국했습니다.
이 커플은 공항에 등장하자마자 여느 아이돌 안 부럽게 미친(?) 존재감을
뽐냈습니다.
판다 신랑신부가 입국한다는 소식에 공항이 뒤집어져 버린 겁니다.
판다 가족이 생긴다는 기쁨을 이렇게 많은 한국 사람이 공유하고 있었습니다.

모든 판다는 중국 소유임에도 가는 나라마다 인기가 대단하다 보니,

존재만으로도 임대된 국가의 상징이 됩니다.

샹샹의 나라 일본, 린빙의 나라 태국, 메이샹의 나라 미국⋯. 이런 식으로 말이죠.

한국 사람들도 마찬가지였습니다.

'화니와 웬신의 입국'으로 '우리 판다가 생겼다'는 기쁨과 자부심을

갖게 되었습니다.

화니와 웬신,
우리 지금 결혼했어요!

화니와 웬신은 한국에 와서

아이바오, 러바오라는 새로운 이름을 가지게 됐습니다.

그리고 두 달 간의 검역기간을 거치고 방사장에 등장했습니다.

화니는 낯선 환경이 어색한 듯 보였습니다.

하지만 시원한 걸 좋아하는 화니는

아이스볼에 마음을 빼앗겨버리고 세상 편한 자세가 되었습니다.

한편 활발하게 나온 웬신은

막상 낯선 것들이 눈앞에 펼쳐지자 표정이 좋지 않습니다.

하지만 이 또한 적응해 나가야겠죠.

서로 다른 감정이지만, 결국 같은 꿈을 꾸게 될 신혼부부.

15년간의 한국생활, 그 시작을 알리는 야무진 발걸음 소리가 들려옵니다.

화니와 환상의 커플이 된
웬신에게 출생의 비밀이?!

熊猫档案
THE PANDA ARCHIVES

盼盼

性別：雄性
出生日期：1985年
出生地：四川宝兴县野外救回

Pan Pan

Gender: Male
Date of Birth:1985
Birthplace: Rescued from the wild at Baoxing
County in Sichuan Province

웬신에게는 아주 특이한 DNA가 있습니다.

그는 '번식왕'이라고 불렸던 사나이! 판판의 손자입니다.

판판은 후손만 100여 마리를 번식시킨 시대의 풍운아입니다.

저돌적이면서 애교 넘치는
두 얼굴의 사나이 웬신

웬신의 매력은 바로 판판 할아버지에게서 나온 것이라 할 수
있습니다.
화니를 향한 끈질긴 구애가 우연히 나온 게 아니었다는 논리가
성립되는 순간입니다.

웬신(러바오) 할아버지 '판판'

젠틀하고 꼿꼿한 모습을 잃지 않는 판판할아버지의 늠름한 모습.
웬신이 닮아갈 멋진 미래입니다.

판판 할아버지 후손들의 사진입니다.

이 사진들을 이렇게 모아 놓은 후에도, 또 다른 후손이 태어났겠죠.

한 눈에 봐도 어마어마한 번식력입니다.

웬신

雄性，1985年出生于四川宝兴县野外，后被救护至中国保护大熊猫研究中心。作为研究中心的"英雄父亲"，在过去的20年里，它的生育能力强大，子孙众多，打造了庞大的盼盼家族。据不完全统计，盼盼的后代占全球圈养大熊猫种群近四分之一，现存血缘后代130余只。盼盼今年已经30岁了，相当于

이 중 오른쪽 귀 한귀퉁이에 웬신이 보입니다.

멋진 판판 할아버지의 혈통 인증입니다!!

한국에서 세 딸을 출산한
화니의 숨겨진 사연은?

화니(아이바오)아빠 '루루'

웬신 앞에서 당당히 주연배우로 군림한 화니는
정자왕 아빠와 터프한 엄마 사이에서 태어난 금수저 핏줄의 소유자입니다.
화니의 아빠로 말할 것 같으면 29마리의 자손을 번식한 '루산의 정자왕' 루루!
루루는 웬신의 할아버지 판판에 버금가는 판다 번식의 일등 공신입니다.
여기에 엄마 신니얼은 터프가이 킹카로 불렸던 우강의 딸이라고 합니다.

화니(아이바오) 엄마 '신니얼'

자신을 닮은 예쁜 딸이 떠날 시점에 하
늘의 별이 된 어린 엄마. 참으로 얄궂은
판다 모녀의 운명입니다.

신니얼은 화니에게 예쁜 미모를 물려준 5살의 어린 엄마였습니다. 자신도 돌봄을 받을 나이에 첫째딸 화니를 낳고, 7살에는 쌍둥이를 출생할 만큼 번식력도 좋았습니다. 하지만 8살의 나이에 예상치 못한 병으로 사망하고 말았는데요,

아이러니하게도 사망 당시가 2016년 2월, 화니가 한국행을 앞두고 있던 시기였습니다.

·
·
·
·
·

몇 년 후 화니는 '한국 최초의 자연 번식 판다 푸공주'를 낳았고, 엄마 신니얼 같은 모성애로 딸을 지극 정성으로 품었습니다. 후에 쌍둥이 자매도 출산했고 말이죠. 자랑스러운 화니의 모습을 엄마 신니얼도 지켜보고 있겠죠?

Part III

80억 인류의 취향 저격!
판다, 너란 존재

판다,
너를 만난 전후로 나누어진 내 인생

'한 번도 못 본 사람은 있지만,
한 번만 본 사람은 없다'라는

출구 없는 매력의 소유자, 판다!

'너를 보고 인생이 달라졌어'라고 말하는 사람들이 있습니다.

판다의 검은 눈망울을 보면 마음이 찡하고,

뒤뚱뒤뚱 걷다가 똥을 뿌지직 싸는 모습을 보면 웃음이 나고,

무거운 몸으로 구르기를 하는 녀석의 재롱에 미소를 짓게 됩니다.

왠지 판다가 내 감성의 희로애락을 좌지우지하는 느낌입니다.

시도 때도 없이 판다의 사진과 영상을 찾아보게 되니까요.

맞아요. 이것은 분명 중독입니다.

'중독'이라는 단어가 무섭게 느껴지는 요즘이지만,

'판다 중독'이라는 건 '아름다운 중독' 같습니다.

출생은 매우 미약했지만,
그 끝은 창대할 것입니다!

모든 판다는 미숙아로 태어납니다.
엄마의 큰 덩치를 뚫고 나온 아이라고는 믿을 수 없게
작은 아이들입니다.

터치만 해도 당장 어떻게 될 것 같이 위태로운 모습이죠?

믿기 힘들겠지만 흑백 옷을 입은 자이언트 판다로 성장할 아이가 맞습니다.

100g으로 세상에 나온 판다는 6개월 이상의 집중 관리를 받은 후에야.

100kg 판다로 성장할 수 있는 시작점에 서게 됩니다.

100g으로 태어나 100kg이 되는 기적의 생명체 판다!

심지어 몸은 커지는데 점점 귀여워지는 신비의 생명체이기도 합니다.

아기 판다는
혼자가 무서워

같은 시기에 태어난 판다들이

단체로 보살핌을 받고 있습니다.

누구보다 멋진 흑백 요정이 되기 위해

5G급 성장 속도를 보여주는 아기 판다들.

태어난 무게의 수백 배 몸으로 성장해야 하니

엄청 바쁜 나날을 보낼 수밖에 없습니다.

아직 눈도 뜨지 못한 귀염뽀짝 판다들은 볕이 좋은 날 일광욕을 합니다.

뼈 튼튼! 마음 튼튼! 아기들에게도 광합성은 소중한 취미입니다.

걸음마도 해 보고, 조금씩 뛰어도 보는데…. 곧 나무에도 올라갈 수 있겠죠?

판다는 나이를 먹을수록 혼자를 좋아하는 고독한 생명체이지만,

어릴 때는 혼자가 무서워 꼭꼭 붙어있어야 하는 영락없는 아기입니다.

곰 같은 고양이
VS
고양이 같은 곰

"희한하게 전혀 안 무서워요. 곰 같은데… "

판다를 보며 사람들이 흔히 하는 말입니다.

도대체 왜 안 무서울까요? 정체가 무엇이길래?

판다는 중국어로 슝마오(熊猫-웅묘)라고 합니다.

곰(熊)과 고양이(猫)의 모습을 모두 가진 존재란 뜻이죠.

자세히 보면 확실히 곰입니다.

큰 체구에서 나오는 카리스마에 사나운 이빨까지 드러내면,

'맹수 그 자체'의 모습이죠.

하지만 신비로운 표정으로 어딘가를 응시하는 모습은 누가 봐도 고양이입니다.

곰같이 뚱뚱한 녀석의 구르기는 순박한 매력을 뿜어내는데,

날카로운 이빨로 대나무를 씹는 모습은 미묘한 메시지를 품은 고양이 같습니다.

여러분의 눈에 판다는

곰 같은 고양이인가요? 아니면, 고양이 같은 곰인가요?

한 가지만 판다!
그래서 네 이름은 판다?

대나무를 먹으며 일생의 절반 이상을 보내는 판다!

당근도 먹고 사과도 먹지만 아무래도 판다의 취향은 대나무뿐인 것 같습니다.

한 가지만 먹고 사는데 질리지도 않나? 어쩜 저렇게 취향이 없을 수가 있지?
한 가지 음식보다는 뷔페가 좋은 인간들에게는 의아한 부분입니다.
하지만 취향이 없어 보이는 것! 그것이 판다의 취향입니다.

자세히 보면 판다는 아무 대나무나 먹지 않아요.
하루에 절반 이상을 먹는 주식인데, 꼼꼼하게 선별해
야겠죠.
일단 자신에게 맞는 당도, 향기, 식감 등을 따져봅니다.
그리고 맘에 들지 않는 대나무는 저 멀리 던져버리는
대쪽 같은 성격을 보여주죠.
판다의 입으로 들어가는 대나무 한 가닥 한 가닥에는
자신들의 취향이 올곧이 들어있던 셈입니다.
그래서일까요? 우리 눈에 띈 '대나무 먹는 판다'는 한결
같이 만족한 표정입니다.

이렇게
우아한 녀석들을 보았나!

두툼한 털 뭉치 같은 판다가

무서운 속도로 굴러 내려옵니다.

귀엽기는 한데 어지럽지도 않을까요?

도대체 왜 쉴 새 없이 구르는 거죠?

뛰는 것보다 구르는 게 편한 아이들.
판다들에게 구르기는 큰 의미를 지닙니다.

세 자리 몸무게를 감당하며 달리기에는 한계가 있으니, 속도를 내기 위해
구를 수밖에 없는 겁니다.
그래서 야생에서는 천적들의 공격에 대처할 무기가 되었다고 합니다.
일종의 살아 남기 위한 자들의 지혜라고 할 수 있겠죠.

한편, 판다는 구르기로 혼자 놀이의 끝판왕임을 보여주기도 합니다.
자신의 감정을 구르기 하나로 다 표현할 수 있죠.

심심할 땐 유유자적 구르기!

화날 땐 분노의 구르기!

즐거울 땐 룰루랄라 구르기!

구르기가 있기에 혼자 있어도 외롭지 않은, 아주 우아한 아이들입니다.

판다,
너에 대해 알고 싶다

애니메이션 <쿵푸 판다>처럼
판다는 만두도 먹을 수 있나요?

애니메이션 속의 판다는 만두를 아주 잘 먹지만, 실제 판다는 만두를 먹지 않습니다. 대나무를 먹는 것만으로도 아주 바쁜 인생이죠. 쿵푸 판다는 만두를 먹고 날렵한 운동을 하지만, 실제 판다는 영양가 없는 대나무만으로 에너지를 얻기 힘들어서 격렬한 운동을 즐기지도 않습니다. 자이언트 판다들이 쿵푸를 할 수 있을 거라는 기대는 저버리는 것이 좋겠습니다.

애니는 애니일 뿐 실제와 혼동하지 맙시다!!

 **YES NO** 판다는 눈이 커다란 만큼 시력도 좋다?

판다와 눈을 맞춰보세요. 절대로 눈이 큰 게 아닙니다.

햇볕으로부터 눈을 보호하기 위해 다크서클이 발달했을 뿐 판다의 시력은 후각보다 약하다고 합니다.

시력이 약한 만큼 판다는 먹이를 찾을 때 냄새부터 맡아봅니다.

그래서 먹고 싶은 대나무만 앞에 있으면 컴컴한 밤에도 대나무를 잘 먹을 수 있습니다.

마음만 먹으면 24시간도 먹을 수 있는 후각의 힘을 내장하고 있는 셈이죠.

여러분은 지금 판다 눈의 하얀 부분을 처음 보고 계십니다.

반짝반짝 빛나는 눈은 검은색으로 가득 차 있어 매서운 느낌을 주기도 하는데요,

자세히 보면 흰자가 있습니다.

물론 옆으로 시선을 돌릴 때만 미세하게 보일 뿐이지만요.

이 사진은 판다 웬신의 모습입니다.

어때요, 확실하게 흰자가 보이죠?

 **YES NO** 판다는 '곰'의 특징을 가진 아이니까,
겨울잠을 잔다?

판다는 겨울잠을 자지 않습니다.

판다의 주식인 대나무는 영양분이 매우 낮아서 영양분을

체내에 저장해둘 수가 없습니다.

곰 같은 경우 가을에 대량의 먹이를 섭취해서 지방을

몸속에 많이 쌓아두는데, 판다는 체내에 에너지를 저장하는

기능 자체도 없고 말이죠.

심지어 사시사철 대나무를 먹을 수 있으니,

굳이 겨울에 잘 필요도 없는 것입니다.

겨울잠은 곰에게 양보할게요.

 **판다의 손가락은 다섯 개가 맞나?**

다섯 개가 맞지만, '사실상 여섯 개'가 더 정확한 표현일 것 같습니다. 판다의 손가락은 다섯 개에 숨겨진 '가짜 엄지'가 있습니다. 판다의 비밀스러운 무기! 여섯 번째 손가락 '가짜 엄지'는 손목뼈 일부입니다. 손목뼈가 연장돼 숨어있는 손가락처럼 보이는 거죠. 이 '가짜 엄지'는 대나무를 쥐기 위해 점점 자란 '진화의 흔적'입니다.

그도 그럴 것이 일생의 절반 동안 대나무를 먹는데, 없던 손가락이 생겨날 만도 하겠습니다.

가짜 엄지 덕에 아주 편해요.

 **희귀종 판다! 교미를 싫어하는 종족이다?**

판다는 교미를 즐기지 않습니다.

번식 욕구가 왕성해서 아기를 많이 낳으면, 희귀종일 이유도 없을 텐데 말이죠. 판다는 1년에 딱 한 번 3~5월 사이에 짝짓기를 할 수 있습니다. 이 교미 기회를 놓치면 내년 봄을 기다려야 합니다. 종족 수가 늘어났으면 하는 사람들의 염원을 아는지 모르는지, 판다는 오늘도 혼자 놀이를 열심히 합니다.

짝짓기에는 관심 없이 홀로 사는 이 아이들은 '동물계의 신선'인 것 같습니다.

푸 공주가 중국으로 돌아가는 2024년, 엄마·아빠인 화니, 웬신도 같이 가나요?

첫째 딸 푸 공주가 중국으로 돌아가도 화니와 웬신은 한국에
서 계속 살아갑니다. 15년 임대 기간만큼 한국에 있어야 하죠.
국가 간 합의에 따르면, 외국에서 태어난 새끼 판다는 번식 능력
을 갖게 되는 4세쯤 중국으로 귀국 조치해야 합니다.
그래서 엄마, 아빠보다 먼저 푸 공주가 갑니다.

국보로 태어난
판다의 숙명

판다에게 주어진 미션!

태어난 곳을 떠나

큰 세상으로 나이가 많은 사람을 만나는 것입니다.

이것이 중국 국보의 이름으로 태어난

판다의 숙명이라고 할 수 있습니다.

어린 나이에 세계 각국으로 떠난 판다의 인생들은 아주 화려합니다.

미국, 영국, 네덜란드, 스페인, 일본, 태국, 한국….

가는 나라마다 엄청난 인기를 누리죠.

모두 세계를 떠돌다가
중국으로 돌아오게 되지.
우리의 마지막은
결국 한곳에서 맞게 된다네.
- 장수 할아버지 판판 -

하지만, 화려한 판다의 인기 이면에는 또 다른 운명이 있습니다.

임대된 나라에 정착해서 나만의 스위트홈을 만들었더라도,

깊은 정이 들어버려 그 정을 떼는 게 너무나 힘들어지더라도,

판다에게는 선택의 자격이 없습니다.

때가 되면 이 모든 것을 뒤로 하고 중국으로 돌아가야 합니다.

거스를 수 없는 운명, 예정된 이별, 바뀔 수 없는 결론.
이것들 앞에서 순응할 수밖에 없는 게 판다의 운명입니다.

화니, 웬신도 예외 없이
받아들여야 할 운명

딸들이 한국을 먼저 떠나네요.

화니와 웬신에게는 한국에서 낳은 세 딸이 있습니다.

이 다섯 식구는 '바오 패밀리'로 불리며 한국에서 국민 스타가 되었습니다.

하지만 이들도 예외가 아닙니다.

한국의 스타라고 한국에 평생 머물 수는 없습니다.

2020년에 태어난 푸 공주는 2024년에

2023년에 태어난 쌍둥이 공주는 2026년경

중국으로 돌아가게 됩니다.

결국엔 우리 둘이 남게 되겠죠?
딸들이 보고 싶어도 참을 수밖에...

그리고 바오 패밀리의 엄마와 아빠가 마지막으로 돌아가게 되고요.

족보가 잘 정리된 만큼. 가족의 위계질서가 어느 종족보다 명확한 판다 패밀리.

하지만 이 다섯 식구는 중국으로 돌아가는 시점이 달라서 언젠가 함께 모여

살 것이라는 보장도 할 수 없습니다.

화니, 웬신은 인간으로 치면 60대의 나이에 중국으로 갑니다.

언젠가 만나게 된다면 세 딸은 엄마, 아빠를 알아볼 수 있을까요?

아니면 '바오 패밀리'는 서로 다른 곳에 살아가면서 영원히 만날 수 없을까요?

푸 공주가 한국에 없다고 생각하니 가슴 한 켠이 먹먹해해집니다. 물론 중국으로 돌아간 후에도 영상공유 등의 방법으로 소식을 알 수는 있다지만, 엄마 아빠의 마음으로 푸 공주를 바라보는 사람들에게는 위로가 되지 않습니다.

그래서 짚어보지 않을 수 없는 문제! 푸 공주는 영원히 만날 수 없을까요?

판다를 보기 위해 비행기를 타는 사람들이 있습니다.

품을 수 있는 반려동물은 아니지만, 보기만 해도 마음이 따뜻해지는 존재, 판다. 이 아이를 마음속에 입양하고 나니 자연스레 몸이 움직인다고 합니다. 며칠이 걸리든 얼마가 들든 상관하지 않습니다. 그들에게 판다는 동물원 안의 구경거리가 아닌 가족 구성원이기 때문입니다.

판다를 만나기 위해 자원봉사자를 자청한 사람들도 많이 만나봤는데, 그들 중에는 3년간 아르바이트를 해 모은 돈으로 온 친구도 있었습니다. 그들은 판다를 가까이 볼 수 있다는 일념 하나로 기꺼이 똥을 치우고, 대나무를 쪼개주고, 힘든 청소를 해냈습니다.

중국 생활을 하게 될 푸 공주를 생각하면 마음이 헛헛해집니다.

돌아간 후에도 영상으로 만날 수 있을 거라고 하지만, 가슴 한편이 먹먹해지는

느낌은 지울 수가 없습니다.

진정 떠나간 판다는 돌아올 수 없는 걸까요?

때론 자원봉사자를 자처하기도 합니다.

판다를 가까이 볼 수 있다는 일념 하나로 기꺼이 똥을 치우고 힘든 청소도

해냅니다.

대나무를 직접 쪼개주면 사람처럼 손에 쥐고 먹는 모습에 엄마 미소를 짓게 되고,

워터우를 건네주니 온순하게 기대는 모습은 너무 사랑스럽습니다.

함께 사진을 찍는 순간에는 세상을 다 가진 것 같습니다.

헤어질 수 없다는 간절함 속에서 만나는 방법은 끊임없이 생산되고 있네요.

중요한 건 꺾이지 않는 마음인가 봅니다.

푸 공주보다 앞서 중국으로 반환된 샹샹(일본 우에노 공원 출생)의 인기도
심상치 않다죠.
현재 '샹샹 패키지'가 생겼을 정도라고 합니다.
샹샹을 직접 보고, 샹샹의 굿즈를 사고, 샹샹 사진이 있는 그곳에서 식사하죠.
연예인 팬클럽 성지 투어와 같은 모습입니다

조피디의 판테일

웬신을 양아들로 키우는 일본 남성을 만났던 적이 있습니다.
그는 판다 기지에 입양신청을 해서 양부모로서 매년 기부에 참여하고 있었습니다. 오로지 웬신을 보기 위해 중국에 2개월에 한 번씩 왔던 양아버지.
심지어 자신이 지은 '코타로'라는 이름으로 웬신을 부르고 있었습니다. 정말 대단한 판다 사랑이라고 할 수 있었죠. 사진, 영상으로 보는 판다와 실제로 만나는 판다는 확실히 다른 매력이 있습니다.

Part IV

나는 판다입니다

조피디의 판테일

'족보 없는 판다는 없다'라는 말의 뜻이 이해되시나요?

전 세계에 3천 마리밖에 되지 않는 판다는 하나하나 '뼈대 있는 집안'의 자손입니다.

그래서 우리에게 주민등록번호가 있는 것처럼 판다도 고유 혈통번호가 있습니다.

족보 관리가 이렇게 철저하게 관리되는 종족은 없을 거예요.

여기에 세상에서 하나밖에 없는 단어의 조합으로 지어진 이름도 갖게 됩니다.

그래서 '그냥 판다'는 없습니다. '이름'으로 불러주세요.

HUA NI

한국이름 : 화니 (한국명: 아이바오)
성　　별 : 암컷
출 생 일 : 2013년 7월 13일
혈통번호 : 869
부　　모 : 아빠 루루, 엄마 신니얼

YUAN XIN

한국이름 : 웬신 (한국명: 러바오)
성　　별 : 수컷
출 생 일 : 2012년 7월 28일
혈통번호 : 841
부　　모 : 아빠 웬웬, 엄마 룽씬

나 는 판 다 판 판 입 니 다

이 름 │ 판판
성 별 │ 수컷
태 생 │ 1986년 야생에서 발견
사 망 │ 2016년 12월 사망
(향년 31세)
별 명 │ 번식왕, 영웅 아버지

대나무 무덤에 파묻혀 있는 '식탐 어르신'을 소개합니다.

한국에서 큰 사랑받고 있는 웬신의 외할아버지, 판판입니다.

'바오 패밀리'를 있게 한 조상님이라고 할 수 있습니다.

그는 '번식이 제일 쉬었다'는 전설의 영웅아버지이기도 합니다.

처음으로 번식프로젝트에 참가했던 판판은 후손만 100마리를 훌쩍 넘게 남겼을

정도로 초강력 번식력을 자랑한 사나이였습니다. 판판과 혈연관계에 있는

판다는 수백 마리가 될 것입니다.

같은 연령대의 다른 판다와 비교해 보면 확연히 알 수 있듯이,

판판은 엄청난 동안을 자랑합니다.

판판 할아버지는 성격까지 참 좋았다고 합니다.

원래 수컷끼리 있으면 날카로운 신경전으로 바람 잘 날 없기 마련인데,

그의 옆에는 어떤 수컷이 와도 불화가 없었다고 전해집니다.

이 모습들은 판판 할아버지의 노년 시절이에요. 사람도 나이가 들면
허리가 굽듯이, 판다도 비슷한 모습입니다.
배부르게 먹어도 뛰지 못하고 누워서 자는 시간이 많아진 노년의 판판.
어린 시절만큼 열심히, 열렬히 움직일 순 없지만 이 때가 가장 행복해 보입니다.
번식왕으로 다사다난하게 살아온 삶을 생각하면 어느 때보다
여유로운 인생의 황혼기였을 테죠.

31살. 사람나이로 100살을 훌쩍 넘긴 나이로 하늘의 별이 된 판판 할아버지.
판판은 떠났어도 그가 남긴 예쁜 후손들은 세상을 밝히고 있습니다.
그의 좋은 유전자가 세상에 많이 퍼졌다고 생각하니 판다들에게도
축복인 것 같습니다.

후회가 없는 건 아니었지만, 그래도 꽤 괜찮은 삶이었다네.
수많은 자손을 남기고, 맛있는 대나무를 먹었지.
많은 사람들의 사랑도 받았어.
이 정도면 충분해.

나는 기쁜 마음으로 나의 끝을 받아들이려고해.
모두들 안녕… .

나 는 판 다 태 산 입 니 다

이 름 | 태산
성 별 | 수컷
출 생 | 2005년 7월 9일
출생지 | 미국 워싱턴 동물원
별 명 | 식탐의 왕자

태산의 이름은 워싱턴에서 태어났을 당시,
'평화의 산'이란 뜻으로 지어진 이름입니다.
근데 '태산같이 먹는다'는 뜻이 아닐까 싶을 정도로 태산의 식욕은
어마무시합니다.
워싱턴에서도 이미 소문난 식욕을 자랑했다고 합니다.
앉은자리에서 10kg 대나무를 후딱 해치우는 건 일도 아니었죠.

태산은 폭풍 식욕의 소유자이면서 '대나무 감별사'입니다.

대나무를 꺾어만 봐도 맛을 짐작할 수 있는 친구입니다.

줄기 속이 두껍고 꽉찬 대나무는 고기로 따진다면 마블링이 좋은 종류인데,

태산은 이런 대나무만 쏙쏙 골라서 먹는 최고의 식신이거든요.

그래도 먹는 양에 비해 살이 찌지 않아 멋진 외모를 소유하고 있습니다.

비 맞는 걸 굉장히 싫어해서 밤에 보슬비라도 내리면 아무리 대나무가 먹고 싶어도
실내로 들어가 버리는 깔끔쟁이고요,
번식왕 판판의 손자인 만큼 친화력도 좋다고 합니다.

熊猫档案
THE PANDA ARCHIVES

泰山
性别：雄性
出生日期：2005年7月9日
出生地：美国华盛顿动物园

他是中国与美国科研合作的结晶,
也是美国家喻户晓的明星。

Tai Shan

Gender: Male
Date of Birth: July 9, 2005
Birthplace: Washington Zoo in America

He is the achievement of the scientific and
research cooperation between China and
America , and is also the well-known super

너무 착해서 상대 수컷에게 털을 한 움큼 뜯기고도 묵묵히 있는 바보스러움을
가졌고, 마음에 드는 암컷이 나타나도 적극적인 구애를 못하는 사랑바보입니다.
'태산'은 '평화'를 뜻하는 이름이 맞는 것 같습니다.

나는 판다 수린입니다

수린은 미국 샌디에이고 동물원에서 출생한
미모의 판다입니다.
그녀는 다른 엄마 판다들 중에서도,
자신의 아기에게 유독 지극 정성입니다.
걸음마 교육을 열정적으로 시키다
품 안에 아기를 물고 핥으며 끔찍이 돌보죠.
내 아기의 일거수일투족을 쫓아다니는,
한마디로
판다계의 헬리콥터맘이라고 할 수 있습니다.

사실, 그녀가 최고의 엄마가 된 데에는 가슴 아픈
속사정이 있습니다.
수린은 미국에서 돌아와 낳은 첫 아이를 병으로 잃은
과거가 있다고 합니다.
두 번째 아픔을 겪고 싶지 않은 그녀는
다른 엄마들보다 열정적으로 둘째아기를
보살폈다고 합니다.

때론 몸이 아파도. 마음대로 아플 수도 없어요.

그녀의 마음속에는 오로지 내 아기의 체온 유지를 해줘야 한다는 생각뿐이거든요.

대나무가 앞에 있어도 먹을 생각조차 하지 않아요.

좋지 않은 컨디션에도 아기가 잠들고 나서야 대나무를 먹는다는 수린.

지금 키우는 이 아기도 몇 개월 후면 다른 곳으로 가겠지만.

그녀는 지금 순간 최선을 다하고 있습니다. 우리는 서로를 잊지 않을 거니까요.

그래서 함께있는 동안 엄마 수린의 시간은 오로지 아기를 중심으로 흐릅니다.

엄마라면 이 정도는 해야 되지 않겠어요?

나는 판다 다이리입니다

이 름 | 다이리
성 별 | 수컷
출 생 | 1999년 9월 1일
출생지 | 야생에서 구조
특 징 | 왼쪽 다리가 없는
        외다리 판다

다이리는 야생에서 구조되던 두 살 당시, 천적들의 공격을 받아 왼쪽다리가
괴사된 상황이었습니다. 그래서, 세계 최초 다리절단 수술을 받게 된
외다리 판다입니다. 그런데 다이리가 서 있는 모습을 보면 다리 하나가 없는
모습 말고는 특이사항이 없을 정도로 늠름한 모습을 자랑해요.
생사를 넘나드는 수술을 하고도 늠름한 모습으로 걷게 된 다이리.
그는 이렇게 되기까지 얼마나 피나는 노력을 한 걸까요?

일단 다이리는 하루도 거르지 않는 운동 습관이 있어요.

다른 판다에 비해 전투적이라고 할 만큼 파워워킹으로 산책을 즐깁니다.

그런 노력의 결과물로 멋지게 나무를 타는 강인한 힘을 가지게 되었고,

물구나무를 서서 소변을 보는 재주도 자신의 것으로 만들었습니다.

사람도 큰 일을 겪고 나면 깨달음을 얻고 성숙해지듯이.

다이리를 보면 산전수전공중전 다 겪은 큰 어른 같은 느낌이 듭니다.

포기하고 싶은, 주저앉고 싶은 날도 많았겠죠.

몸이 맘대로 되지 않으니, 비뚤어지고 싶은 날이 하루이틀이 아니었을 거예요.

하지만 그럴 때마다 스스로에게 채찍질을 하며 다시 일어선 다이리.

자신의 핸디캡 '외다리'는 오히려 집념과 의지를 강하게 해 준 원동력이 되었습니다.

다이리의 굴곡진 인생은 우리 인간들에게도 자극을 주는 것 같아요.

영차! 영차!
남들보다 열 배는 걸어야 해!!

저 오빠는 하루종일 운동만 해....
대나무 좀 먹고 해요!!

나는 판다 칭칭입니다

남자는 당당하게 거부한다! 트랜드 좀 아는 비혼주의자, 칭칭

칭칭은 수많은 신랑후보들을 다 퇴짜 놓고,

인공수정을 통해 엄마가 되었다고 합니다.

왈가닥에 자유분방한 칭칭을 놓고 소문은 무성했지만

그녀는 아랑곳하지 않았습니다.

내 인생을 책임지는 자는 오로지 내 자신이니까요.

칭칭이 이렇게 독특한 행동을 하게 된 데에는, 자신 또한 특별한 태생이라는 점이 작용했을 것 같아요. 칭칭엄마 지니는 14세 최고령 산모로 주변의 우려 속에서 칭칭을 낳았습니다.

엄마 판다는 봄에 임신해 4개월의 잉태기간을 거쳐 7~8월에 출산하게 됩니다. 그런데 지니는 봄에 칭칭을 임신해 최장 임신기간 324일을 거쳐, 다음 해 봄에 출산했다고 합니다. 사람처럼 거의 일 년 동안 아기를 품고 있었던 거죠. 긴 임신 기간을 이겨낸 최고령 산모의 출산은 말 그대로 기적이었습니다.

범상치 않은 엄마 지니, 기적의 존재, 딸 칭칭.

모전여전 기질이 발동한 것인지 칭칭 또한 평범한 임신은 서운했나 봅니다.

결국 눈앞의 수컷들을 다 거절하고, 인공수정을 선택했으니 말이죠.

| 나 | 는 | | 판 | 다 | | 위 | 엔 | 런 | 입 | 니 | 다 | |

매년 많은 판다가 태어나는 쓰촨성 청두 판다기지에서는

친구들끼리 단체생활을 하게 됩니다.

희귀종이 이렇게 많이 모여있는 경우 자체가 기적이라고 할 수 있습니다.

난생 처음 대나무를 씹어 먹어본 동기들이죠.

여러 판다가 섞여 있다 보니 이 곳은 여느 인간의 사회생활과 다를 바가 없습니다.

남녀 간의 사랑도 있고요. 진한 우정도 있고 세력 간의 다툼도 있어요.

园润 Yuan Run
  媛媛 えんじゅん
谱系号: 853 Stud Book No. 853
         家系番号 : 853
出生日期: 2012.8.25
Date of Birth: 2012.8.25
生年月日 : 2012.8.25
雌性 Female メス

脸上毛长长的, 脸蛋尖, 体型胸小, 全身毛纯黄, 不太爱干净, 性格倔强, 步履蹒跚!
She is fluffy and has a sharp face. She is a small panda but isn' f always very clean therefore her fur is yellow-haired. Active but stubborn.
丸顔で、毛が長いいが好。体型が小さいめ。体型が小さくて、全身の毛もし、きれいが好ではないし清掃は倔強であり。歩き方も。

이 중, 백설공주처럼 사과를 먹고 있는

예쁜 판다가 있었습니다.

달걀형 얼굴과 오뚝한 코, 또렷한 눈매⋯.

미녀의 조건을 모두 갖춘 위엔런입니다.

우리에게 미녀는 푸 공주뿐이었는데, 절세미녀가 여기에도 존재했던 거죠.

왜? 예쁘니까요!!

먹이 경쟁마저도 치열한 이 곳에서,

사과만은 놓치지 않는 판다가 바로 위엔런 공주님입니다.

위엔런은 한 미모하는 위엄으로

스캔들의 주인공이 되기도 했습니다.

이 아이들 중에는 사이좋은 형제 판다도 있었는데,

위엔런을 놓고 사랑싸움도 했었답니다.

역시 어딜 가나 '미모는 무기'라는 말은

진리인 것 같습니다.

나는 판다 린빙입니다

이 름 | 린빙
성 별 | 암컷
출 생 | 2009년 5월 27일
출생지 | 태국 치앙마이 동물원
특 징 | 왕년에 태국
　　　　국민 판다였음

린빙은 2009년 태국 치앙마이 동물원에서 태어난, 최초의 태국 출생 판다입니다.

우리나라로 치면 2020년 최초로 한국에서 태어난 푸 공주와 같은 존재죠.

린빙은 '까칠하고 괴팍한 성격'으로 유명합니다. 원하는 먹이를 주지 않으면,

불같이 화를 내고 줄 때까지 무섭게 뛰어다니며 시위를 합니다.

태국에서 수많은 팬을 거느렸던 못말리는 아가씨였죠.

린빙이 낳은 첫째 아기와 함께

2023년 반환된 일본 우에노 동물원의 샹샹, 2024년 한국의 푸 공주 이슈와
맞물려 최근 린빙의 근황이 주목받고 있어요.
린빙은 2013년 중국으로 반환되어, 현재는 쓰촨성 비펑샤 판다 기지에 살고
있습니다. 중국으로 반환된 지도 어언 10년입니다.

10년 동안 그녀는 비펑샤 판다기지 산방에서 7마리의 판다를 출산했습니다.
그나마도 사산된 3마리를 제외한 새끼가 7마리이니 린빙의 삶도 참 힘겨웠을 것
같습니다. 태국을 비롯한 전 세계의 판다팬들은 그녀의 건강을 우려하기도 하고,
다소 거칠게 다뤄지는 린빙의 영상이 공개됐을 때 마음을 졸이기도 했습니다.

중국으로 돌아갈 푸 공주는 어떤 삶을 살게 될지 궁금합니다.

앞서 반환된 일본 태생 샹샹은 대나무를 먹다가 일본말이 들리자 '얼음'이 된 듯한
모습이 포착돼, 일본 판다팬들의 그리운 마음에 기름을 붓는 사건이 있기도
했습니다.

푸 공주도 중국에 가서, 한국말이 들리면 알아듣고 반가워해 줄까요?

예정된 이별을 예상해 보는 일만큼 허무한 일이 있을까 싶은 마음이 듭니다.

태어난 곳에서 그 나라의 보물대우를 받다가 고국으로 돌아가 평범한 일상을
사는 것, 그것이 판다의 운명인 걸까요?

어느덧 중년이 된 린빙 아줌마를 바라보며 많은 생각을 하게 됩니다.

태국 태생 린빙은 '사와디카(태국어로 안녕하세요)'라는 말에 바로 반응을 보였습니다. 태어나서 처음 들었던 언어가 태국어니까, 그녀에겐 모국어와 다름없겠죠. 당시 훈련 중이었던 강철원 사육사와 함께 린빙을 만난 기억이 납니다.

마침 린빙은 아기 판다 둘을 양육하는 상황이었어요. 한 마리는 나무 위에 올라가 재롱을 부리고, 한 마리는 소심하게 구석에 웅크리고 있었죠.

말괄량이 린빙 태국 아가씨도 이제는 어엿한 엄마의 모습으로 성장해 있었어요. 그런 린빙의 모습에 마음이 찡했던 기억이 납니다. 지금으로서는 상상하기 어렵지만, 우리 푸 공주도 린빙처럼 아기를 낳고 육아를 하는 엄마가 되겠지요?

우 리 는   특 별 한   판 다 입 니 다

세상의 시선을 두려워하는 특별한 판다를 소개합니다.

이 아이들은 성향, 외모가 남다른 판다입니다.

더 많은 보살핌을 받아야 하는 존재들이죠.

사람들의 시선이 살짝 빗겨간 곳에 그들의 세상이 있습니다.

사람들이 열광하는 판다들의 모습 이면에는 이 아이들도 있다는 걸 잊지 마세요.

이들도 자신만의 방법으로 세상 밖으로 나올 노력을 하고 있습니다.

나 는　판 다　화 오 입 니 다

머리숱이 많은 사람이 있고, 없는 사람도 있죠.

판다도 모두가 풍성한 흑백의 털을 갖고 있지는 않아요. 화오는 다리에 탈모가

있는 아이입니다. 자신의 외모가 특별하다는 걸 아는 화오는 주변에 대한 경계심이

강해져 다른 판다와 어울리지 못하는 성향이 되었습니다.

화오의 불안한 심리는 혀를 쉴 새 없이 내미는 틱장애까지 오게 만들었고 말이죠.

판다도 사람과 마찬가지로 어릴 때 나쁜 습관이 들면 고치기가 힘들어요. 엄하게만

훈육할 수도 없으니 못고치는 아이들은 평생 장애를 안고 갈 수밖에 없습니다.

벽을 뚫고 세상으로 나가고 싶지만, 뜻대로 되지 않는 금쪽 같은 아이입니다.

나는　판다　한한입니다

한한은 어린 나이에 눈가 탈모가 진행된 친구입니다.

자신의 상태에 대한 스트레스가 심한 아이라서 사육사 외에는 아무도 만나려

하지 않아요.

특히 한한은 웬신과 같은 시기에 태어나, 산둥성 린이동물원에 같이 있었던 친구

였는데, 사람들 앞에서 발랄한 웬신을 생각하면 더 안쓰럽습니다.

특별히 따뜻한 보살핌이 필요한 아이입니다.

무언가를 계속 두드리고, 누군가에 쫓기기라도 하듯 바쁘게 돌아다니는 수잔과 린빙. 태국에서 온 린빙도 이렇게 특이한 행동을 보이고 있었습니다.

한 번에 고칠 수는 없는 친구들의 비밀은 존중해 가며 어루만져 줘야 할 것입니다.

나는 판다 시도우입니다

시도우는 두 살 때, 쓰촨성 대지진으로 엄마 판다 마오마오를 잃고
우울증을 앓았다고 합니다.
한동안 지진 트라우마로 새로운 삶에 적응하지 못했던 시도우.
타고난 성격이 유쾌하고 호기심도 많은 아이라서 얼마 지나지 않아 사람에 대한
경계심도 풀려가고 밝은 모습을 되찾게 되었다고 합니다.

청지우는 위기를 전화위복의 기회로 만든 강인한 판다입니다.

어린 시절 털이 혼자 회색이어서 항상 구석에 있었던 아이 판다 청지우.

서로 치고받고 놀아야 하는 아기들 사이에서 적응하지 못하고 따돌림까지

당했지만, 친구 싱위의 도움으로 용기를 냈고 오히려 자신의 '다름'으로

무리를 압도하는 존재가 되었죠.

| 나 | 는 | | 판 | 다 | | 지 | 춘 | 입 | 니 | 다 | | |

관심을 즐기는 판다들 사이에서도, 유독 무대 없이는 못살 것 같은,

무대 중독증(?) 극E성향의 지춘.

지춘은 혼자 있을 때 여지없는 I성향입니다. 그런데 사람들만 보이면 180도 돌변해 버리죠. 자신을 향한 시선이 느껴지면, 원맨쇼를 하고 싶은 본능이 꿈틀거리는 겁니다. 몸을 단장하는 세밀한 몸짓부터 애교를 듬뿍 담은 구르기 묘기까지 남다른 끼를 발산하는데요. 이 중 지춘의 나무타기 묘기는 초절정 매력을 투척합니다.

박수는 나의 힘!

사람들의 환호와 박수가 클수록 지춘의 쇼맨십은 점점 커져갑니다.

'끼'로 무장한 진정한 '꾼'인 것 같아요.

Part V

판다, 너 하나로 충분해

잊지 마!
지금부터는 내 의지야

자신의 주어진 운명을 따라 세계 곳곳에서 사는 판다.

내 의지로 떠나온 곳이 아니라고, 내 인생을 내팽개칠 수는 없습니다.

여기서 얼마만큼 행복할지는 판다 자신의 의지에 달렸겠지요.

좋은 친구, 좋은 사람들과 예쁘게 오늘을 살아가야 합니다.

지나버린 과거와 다가오지 않은 미래를 걱정하느라

오늘에 불충실한 것보다는 주어진 지금을 잘 살아가겠습니다.

그것이 우리 판다가 온몸으로 보여주는 삶의 의지입니다.

두 자리 노노!
세 자리 예스!
풍만해서 사랑받는 존재랍니다.

판다는 어느 정도 성장하면, 세 자리 몸무게를 유지하며 살아가게 됩니다.

태어날 때보다 몸무게가 수백 배 늘어나는 것도 대단한 일이지만,

저 거대한 몸무게를 유지하는 삶은 훨씬 위대해 보입니다.

다이어트가 일생의 숙제인 우리 인간과는 정반대의 모습인 것 같아요.

더 예쁘고, 더 귀엽고, 더 토실토실해야 완전체가 되는 판다!
풍만한 몸매를 과시하며 살 수 있기에, 오늘도 당당히 먹고 또 먹습니다.
살이 쪄도 스트레스가 없는 부러운 녀석입니다.

이거 먹으면 살쪄! 이거 먹으면 건강에 안 좋아!
우리는 음식을 앞에 놓고 평가하면서 음식의 맛이 주는 가치를 잊을 때가
많습니다.
판다를 보고 있으면, 무념무상의 마음으로 마음껏 먹는 하루도
나쁘지 않을 것 같네요.

오해는 금물,
알고 보면 자식 걱정 많은 엄마입니다!

상대방의 겉모습만 보고 오해하는 경우가 있습니다.

서운한 감정을 느꼈거나, 상대의 행동이 유독 거슬리거나. 이럴 때면

혼자만의 오해가 쌓여 그 사람에 대해 안 좋은 선입견을 품는 경우도 많습니다.

그러다 보면, 자연스럽게 그 사람을 멀리하게 되죠.

'폭식＝모성애'

엄마 판다 또한 자주 받는 오해가 있습니다.
젖을 향해 돌진하는 새끼 판다를 매정하게
뿌리치고 대나무를 먹는 엄마 판다!
아기보다 자기 먹이가 더 중요한 걸까요?
판다의 모성애는 이토록 얕은 걸까요?
일반적 모성애의 기준에서 볼 때, 상당히 낯선 행동으로 느껴집니다.

여기서 오해를 해소하고 가야겠습니다.
사실, 어미 판다는 젖이 유연하게 안 나오는 경우가 많다고 합니다.
아무리 많은 대나무를 먹어도 흡수율이 20퍼센트밖에 되지 않아,
젖이 모이지 않는 신체 구조를 가진 것입니다.
그래서 어미 판다는 본능적으로 많이 먹어야 합니다.
젖을 물려야 하니까 초특급울트라 식탐을 발휘할 수밖에 없죠.

많이 먹는 건 그만큼 모성애가 강하다는 결론이 나올 수밖에 없겠습니다.
'폭식=모성애'라니…. 좀 이상하지만, 어쩔 수가 없네요.
먹어도 먹어도 배가 고픈 아기 판다를 위해 엄마가 할 수 있는 건
'폭식'밖에 없는 것이지요.

그러니까, 겉모습만 보고 오해하지 말아주세요.
어미 판다는 아기를 외면하는 게 아니라 젖을 만들기 위해 치열한
전투 중인 겁니다.

과시하지 않아도 알아.
너는 강한 존재라는 것을

판다는 원래 육식동물입니다.

맹수의 신체조건을 갖춘 판다는 왜 초식동물이 되었을까요?

강한 아이로 태어나 비건이 되었다니 … . 정말 특이한 이력을 가진 종족입니다.

먹이경쟁 라인에서 한 발짝 물러난 삶을 선택한 걸까요?

육식동물로도 부족함 없어 보이는 판다의 취향은 대나무가 되었습니다.

하지만, 우리는 알고 있습니다.

판다의 내면은 변함없이 강하다는 것, 날카로운 이빨을 숨기고 있다는 것을요.

먼저 공격하는 일이 없을 뿐 건드리면 어떤 일이 일어날지 몰라요.

힘은 세지만, 과시하지 말자.

그저 존재만으로도 든든해지자.

강자의 식성이 약자의 식성으로 바뀌어야 세상에 평화가 온다.

이것이 똑똑한 판다의 두뇌로 판단한 삶의 메시지가 아닐까요?

좁고 구석진 곳에서 큰 평화의 꿈을 꾸고 있는 판다.

오늘도 자기 취향이 자랑스러운 듯 날카로운 이빨로 대나무를 뜯고 있습니다.

사람들의 시선을 몰고 다니면서,
'혼자'를 가장 좋아하는 아이러니한 존재

혼밥, 혼여, 혼영, 혼술…. '혼'이라는 수식어가 유행하는 요즘입니다.

'혼자' 할 것들이 너무나 넘쳐나죠.

이 트랜드를 아는지 모르는지 이미 '혼자의 달인'이 된 종족이 있습니다.

당연히 판다입니다.

'혼자'라는 단어가 판다처럼 어울리는 존재가 있을까요?

일생의 수많은 순간을 혼자 보내는 판다.

혼자 있어도 외로움이라는 걸 모르는 것 같습니다.

심지어 호기심 가는 존재가 나타나도 자신의 영역을 훨씬 소중하게 생각합니다.

단독생활이 보장되어야 다른 곳에 눈길도 주는 생명체죠.

혼자 있을 때 무엇을 해야 할지 막막할 때는 판다의 일거수일투족을
관찰해 보세요.

'혼자 유니버스'는 어떻게 만드는 것인지 해답을 줄 거예요.

5개월 만에 포착된
아기 판다의 '첫 순간'!

판다는 위 세상을 좋아합니다.

천적의 공격을 피하려고 나무 위를 안식처로 생각하게 되었다는 판다는

보기에도 위태로운 저 높은 곳을 기어이 올라갑니다.

아기 판다들이 걸음마를 떼면서 가장 먼저 하는 건 '나무 오르기 도전'입니다.

생후 5개월이 지나, 나무를 타는 '첫 경험'을 하게 되는 거죠.

오르기 전에는 많은 두려움이 있을 거예요.

미끄러질까 봐, 가지가 부러질까 봐 걱정이 한가득하였을 겁니다.

그러다가 능숙하게 오르게 되면, 내 영역을 표시하는 용기까지 생기고,

어느덧 나무 위가 가장 편한 경지에 다다르게 되죠.

일단 올라와 보니, 세상에서 가장 편안하고 든든한 은신처가 되는 나무.

몸집이 커질수록 올라갈 수 있는 나무가 줄어들기에,

가벼운 몸으로 높은 곳까지 올라가는 건 아기 판다들만의 특권이라

할 수 있습니다.

그래서 아기 판다는 위 세상에서 긴 시간을 보내며 자신만의 세상을

누리고 있죠.

오예~ 다 올라왔다!!
안 무서운데? 안전한데?

'멋짐'을 얻으셨습니다!!

누구에게나 의미로 남아있는 '처음'이 있을 겁니다.
어떤 도움도 없이 목표한 걸 해 내었던 '첫 순간'을 생각하면.
지금 겪는 어려움도 이겨낼 수 있을 거라는 믿음을 갖게 됩니다.
무언가를 시작할 때 망설여진다면 처음 나무 위에 올라간 판다를
생각해 보세요.
첫발자국을 떼는 게 어려울 뿐 용감하게 도전해 볼 필요가 있습니다.

인생 최초의 경쟁,
어떤 나무를 차지할 것인가!

판다는 '나무타기'를 통해 인생의 '첫 경쟁'을 경험합니다.

나의 레벨이 어느 정도인지 평가받고 나면 알게 되죠.

더 강한 녀석이 더 좋은 나무를 차지한다는 진리를 말이에요.

아기 판다들 사이에서도 명백한 서열이 정해지는 순간입니다.

우리도 끊임없는 경쟁 레이스 위에 있습니다.

경쟁이란 누군가와 나의 비교로 결론 나는 경우가 대부분이기 때문에,

그 경쟁에서 밀려난 사람이 나일 경우 무너지는 자존감을 주체할 수

없게 되지요.

하지만 쓴맛, 단맛 적절히 맛보는 경쟁은 인생의 묘미이기도 한지라,

레이스 위에서 쉽게 내려올 수는 없어요.

그래서 우리 아기 판다들은 오늘도 오르고 또 오릅니다.
엄마에게 잘했다고 칭찬받기 위해,
더 굵고 단단한 나무에서 낮잠을 자기 위해,
이 경쟁 속에서 이긴 자의 기쁨을 누려보기 위해!

내가 멋진 존재라는 걸 잊지 마!

판다는 오늘도 즐기고 있어요. 사람들의 시선을.

나를 보고 행복해하는 사람이 있으니,

스스로가 대견해지고 세상도 아름다워 보일 것입니다.

누군가에게 행복을 주는 존재가 된다는 건 너무나 기쁜 일인 것 같아요.

나도 그런 존재입니다.

가족에게 소중한 존재이고, 친구에게 아름다운 존재이고,

조직에서 필요한 존재입니다.

이래도 괜찮나 할 정도로 분에 넘치는 사랑을 받는 사람입니다.

나 자신이 미워지는 날이면,

나는 왜 이렇게밖에 안 되는 사람일까 자학하는 날이면,

나를 보며 행복해하는 그 누군가를 생각해 봐요.

내가 얼마나 멋진 존재인지를 잊지 말아요.

판다도 그렇게 살고 있습니다.

우리의 사랑을 듬뿍 받으며, 자신의 존재감에 충만해 있죠.

그 마음으로 오늘도 충만한.

아니 풍만한 하루를 사는 거예요.

내 눈을 바라봐….
조금 전보다는 행복해질 거야.

'나 지금 너무 외로운데, 아무도 위로해 주지 않아' 이런 마음이 들 때가 있어요.

외로움이란 오롯이 나 혼자 이겨내야 하는 것도 알고,

내 외로움을 알아주는 사람이 그리 많지 않다는 것도 알고 있습니다.

그래도 누군가가 옆에 있어 줬으면 하는 마음이 들 땐 한없이 서럽기만 하죠.

이럴 때, 오늘도 멍~때리는 판다를 바라보세요.

판다는 온종일 혼자 있는데도, '외로움이 뭐야?' 하는 표정을 짓고 있습니다.

판다 너는 혼자인데, 외로워하지 않는구나?

너는 외로워도 아무 상관이 없구나?

신기해요. 아무도 말을 걸지 않는 24시간도 상관없는 모양이에요.

외로움이란 걸 이미 초월한 듯한 판다를 바라보고 있으면,

근거 있는 자신감이 솟아올라요.

그래. 조금 더 외로워져도 괜찮겠다.

어떤 상황이 와도 견딜 만큼의 외로움일 것이다. 그럴 것이라고 말이에요.

차라리 한숨 푹 자고
일어나는 게 좋아

세상에는 참 속 시끄러운 일이 많아요.

지나고 나니 아무 일도 아니었는데, 그 순간만큼은 감정조절이 되지 않습니다.

누군가가 나를 헐뜯는 걸 알아버린 순간
내가 부족하다는 생각에 자존감이 무너지는 순간
일이 너무 힘들어서 번아웃이 온 순간
굳게 믿고 달려왔던 신념이 흔들리는 순간
이런 순간은 잡념을 만들고. 잠 못 이루는 밤이 이어지곤 하죠.

어디서나 속 편하게 자는 판다를 바라보세요.
판다는 장소, 시간 가리지 않고 졸리면 편한 자세로
잠을 깊이 잡니다.
불편한 건 딱 질색! 힘든 것도 딱 질색!
지금 나 자신이 가장 편할 방법만을 생각해요.

누군가를 미워하고 욕하는 데도 많은 에너지가 필요합니다.
모든 것이 '금쪽같은 나의 시간'이라는 걸 잊지 말아요.
이럴 땐 차라리 한숨 푹 자고 일어나는 게 좋겠어요.
판다처럼 말이에요.

푸 공주의 조상 찾기 1탄

푸 공주에 대한 격한 사랑은 '조상찾기'로 풍성해지는 중입니다.
푸 공주와 더불어 큰 사랑 받고 있는 가족들을 소개합니다.

#화니

우리는 아러커플.

#웬신

#판판

푸 공주
증조할아버지올시다.

#신니얼

푸 공주
외할머니예요.

푸 공주의 조상 찾기 2탄

카리스마 눈빛이 매력적인 푸공주의 외할아버지 루루입니다.
화니의 아빠, 신니얼의 남편 되는 사나이랍니다.

#루루

루루루루루 ♬

루루루루루 ♬

눈빛이 무섭다구요?

이름만은 귀여운
루루할아버지입니다~.

비건 판다의 먹거리

대나무 말고도 먹을 것은 많습니다.
하지만, 육식은 하지 않아요.
비건 라이프도 꽤 괜찮거든요.

빗자루를 처음 본 아기 판다

대나무 모양을 한 '빗자루'라는 것이 있더군요.
하지만 한입만 먹어봐도 알지요.
대나무와는 비교도 안 되는 세상 맛없는 녀석이라는 걸 말이죠.

대나무는 무기가 아니라 먹이랍니다

먹는 거 가지고 장난치면 안 돼요!!
이 맛있는 걸 가지고 왜 싸우나요?
판다는 오늘도 평화롭게 대나무를 음미합니다.
싸울 준비는 안 되어 있어도,
먹을 준비는 언제나 되어 있답니다.

대나무는 아무나 못먹어요

대나무 먹는 게 쉬워 보인다고요? 천만의 말씀!
눈썰미와 손재주, 그리고 어금니의 삼위일체가 이뤄낸 결과입니다.
물론 이때, 여섯 번째 손가락의 도움은 필수입니다!!

#쪼갠다.

#음미한다.

#껍질을 벗긴다.

#먹는다.

구르기도 과학입니다!

일단 짧은 다리에 맞춘 힘조절이 중요하고요,
정확한 착지를 위한 균형감각도 잃으면 안 됩니다.
귀여운 구르기는 과학입니다!

#머리를 숙인다.

#엉덩이에 힘을 준다.

#다리를 잡고 일어난다.

#성공! 다시 한번….

판스라이팅

자세히 바라보세요!
얼굴형, 눈동자, 다크서클, 콧망울, 귀모양까지
모두 다른 아이들입니다.
한 번 보고, 두 번 보고, 자꾸만 보고 싶어진다면…,
'판스라이팅' 증상을 의심해 봐야 합니다^^

#잘생김주의

#귀염뽀짝주의

#중독주의

#살인미소주의

오늘은 여러분의 가장 특별한 날입니다. 지금의 행복을 놓치지 마세요.

따로 또 같이 아름다운 꿈을 꾸는… 나는 판다입니다!